MIA ET LE LION BLANC

Photographies : Coert Wiechers, Patrick Toselli, Emmanuel Guionet,
Phillip Henn et Joe Alblas.

Texte : Prune de Maistre.
Conception graphique : Audrey Thierry.

Hachette Livre, 58 rue Jean-Bleuzen, 92178 Vanves Cedex.

MIA ET
LE LION BLANC
hachette
JEUNESSE

1 Nouvelle vie

Dans sa chambre, Mia discute sur Skype avec Daniel, son meilleur ami. Elle a accroché sur les murs des posters de Londres et des portraits de ses footballeurs préférés. Depuis le rez-de-chaussée, son père la rappelle à l'ordre : il est l'heure de partir pour l'école.

– Mia ! On va être en retard ! crie-t-il.

– J'arrive ! répond-elle pour gagner un peu de temps.

Mais la fillette ne bouge pas d'un poil. Elle reprend sa conversation là où elle s'était arrêtée : elle et Daniel commentent avec passion les buts du week-end. Mia adore le football. À onze ans, c'est un vrai garçon manqué qui cache son joli minois sous une grande casquette.

– Au fait, je vais voir un match ce week-end, la nargue Daniel.

– Oh, la chance ! Tu n'y vas pas avec Rachel, j'espère ?

Mia grogne devant son ordinateur.

– Si, pourquoi ? Tu es jalouse ? plaisante-t-il.

– N'importe quoi !

La jeune fille adorerait aller au stade avec celui dont elle est secrètement amoureuse. Mais Daniel vit à Londres, à des milliers de kilomètres d'elle à présent.

– Mia ! crie son père encore plus fort.

Ce qu'il m'énerve ! pense-t-elle en levant les yeux au ciel.

De toute façon, tout l'énerve depuis qu'ils ont emménagé ici, en Afrique du Sud, il y a quelques mois. Elle déteste sa nouvelle vie...

Après un rapide au revoir à Daniel, Mia saisit sa veste d'écolière, ouvre la fenêtre de sa chambre et enjambe la balustrade. La vue qu'elle aperçoit est saisissante : soleil de plomb, ciel bleu azur, savane à perte de vue... Un paysage dont toutes les petites filles rêveraient. Toutes, sauf Mia.

L'adolescente avance sur le toit, en équilibre sur les tuiles glissantes. Elle s'approche de la gouttière et entreprend une descente périlleuse. Elle adore ça, même si c'est très dangereux. Surtout si c'est très dangereux, d'ailleurs !

Paf !

Ses deux pieds viennent de toucher le sol.

– Mia ! Je te l'ai interdit ! rouspète Alice, sa mère.

Sans même l'écouter, la petite effrontée rejoint la Jeep à bord de laquelle l'attendent son père, John, et son frère aîné, Mick. Elle prend place à l'arrière, à côté de lui, sur la banquette. Mick est un garçon différent des autres. Très sensible. Trop. Malgré ses treize ans, on le prend souvent pour le cadet.

Il caresse affectueusement Trevor, un suricate qu'il a secouru alors qu'il était blessé, et qui s'est confortablement installé sur ses genoux.

John démarre dans un nuage de poussière. Direction l'école !

Au même moment, Jodie, la gouvernante, sort précipitamment sur le perron.

– Vous oubliez vos sandwichs ! crie-t-elle.

Mais, c'est trop tard : la voiture de la famille Owen est déjà loin sur le chemin. Elle quitte le vaste domaine, une ferme d'élevage qui abrite deux douzaines de lions adultes. La route qui mène à l'école est longue mais la beauté des paysages qui défilent suffit à faire passer agréablement le temps.

Une fois arrivés, Mick confie Trevor à son père avant de lui dire au revoir. Mia, elle, l'esquive, son casque audio vissé sur les oreilles.

– Bonne chance pour ton interro, ma chérie ! lance-t-il.

Pas de réponse.

À l'école, Mia s'ennuie. Elle n'a pas d'amis. Elle reste dans son coin en regardant les autres s'amuser sans elle. Les enfants, ici, n'aiment pas beaucoup les étrangers, c'est du moins ce qu'elle se dit pour se rassurer. Et puis des petits voyous s'en prennent souvent à son frère, à cause de sa différence, et ça, Mia ne le supporte pas. Il lui arrive souvent de se battre pour le défendre. C'est d'ailleurs ce qui s'est passé aujourd'hui, comme en témoignent les marques qu'elle porte sur le visage.

De retour à la ferme, John embarque Mia dans son pick-up, en ayant pris soin de charger des carcasses de viande à l'arrière du véhicule. Il est bien décidé à avoir une petite conversation avec elle. Absorbée par son téléphone, cette dernière ne daigne même pas lever le nez de son écran, totalement indifférente au spectacle qui se joue devant elle : le repas des fauves.

– Ta mère m'a dit que tu t'étais encore battue, déclare-t-il pour briser le silence. Elle a reçu un coup de fil du directeur.

– Il n'y a que des idiots, là-bas ! Qu'est-ce que tu veux que je fasse d'autre ? rétorque Mia.

John rit. Il sait que ce n'est pas bien de se battre, mais une part de lui ne peut pas s'empêcher d'être fier du courage de sa fille. Il aimerait tant que son fils soit comme elle. Mais ce qu'il voudrait pardessus tout, c'est que Mia soit contente d'être là.

– Regarde ça, Mia ! Regarde ces animaux incroyables ! Ils sont à nous. Tu te rends compte de la chance que tu as de vivre ici ?

– Non, parce que je ne veux pas vivre ici. Ça n'est pas chez moi ! grogne-t-elle.

– Maintenant, si, renchérit son père.

– Ma maison est à Londres. C'est là-bas que j'ai mes amis et mon école ! conclut-elle, furieuse, en sautant du véhicule.

– Mia ! essaie de la retenir son père.

Mais rien n'arrête sa course. Mia, écorchée vive, prend la fuite.

Aussitôt rentrée, elle s'enferme dans sa chambre, son antre, le seul endroit où elle peut encore rêver librement de Londres et de sa vie d'avant. Alors qu'elle se défoule en jouant à un jeu vidéo sur sa console, une énorme araignée apparaît soudain dans son champ de vision.

– Ahhh ! hurle-t-elle.

Puis elle enferme la mygale à moitié éclopée sous un verre.

Encore une patiente que Mick a récupérée ! se dit-elle.

Son frère a pris l'habitude de secourir tous les animaux blessés du monde. Tant mieux pour lui si ça l'occupe, mais hors de question qu'elle en subisse les conséquences !

– Garde tes sales bêtes dans ta chambre, vient-elle se plaindre en ouvrant sa porte. Sinon je te jure que je les écrabouille ! Tu as compris ?

Toute la pièce est remplie d'animaux blessés : lézards, souris, serpents et autres petites bêtes effrayantes. Mick, qui est en train de soigner un pigeon, s'arrête, effrayé, et la fixe sans savoir quoi répondre. Frère et sœur sont tellement différents…

Mia secoue la tête et s'en va.

La nuit est tombée. Toutes les lumières de la maison sont désormais éteintes. Un fauve rugit dans le lointain. Soudain, un cri déchire le silence. Comme souvent, Mick a fait un cauchemar. Alice se

précipite dans sa chambre et lui chante une berceuse :

– *Rêve, mon bébé, mon amour, mon adoré.*

N'aie pas peur, tu ne crains rien, ferme les yeux, quitte ma main.

Lève vers les cieux ton regard, mon merveilleux.

Cherche l'étoile qui est à toi, elle t'aidera et te répétera…

Dans la chambre voisine, Mia la rebelle tend l'oreille. Cette chanson, elle la connaît par cœur. Elle en murmure le refrain :

– *Aie confiance, endors-toi, ta maman toujours t'aimera.*

Mick est calme, à présent. Toujours lové dans les bras de sa mère, il réclame l'histoire. C'est toujours la même qu'il veut, son histoire préférée, celle du lion blanc… Cette légende, tout le monde l'adore, dans la famille. Seulement pour Mick, ce n'est pas une légende, c'est la réalité.

Alice commence :

– Par une nuit froide et sans lune, eut lieu un cataclysme. Les éléments de la nature se déchaînèrent avec une telle violence qu'on eut l'impression que c'était la fin du monde. Les hommes, terrifiés, observaient, impuissants, le désastre. Ils criaient, hurlaient, pleuraient. Seul souriait, imperturbable, un sage guérisseur, le shaman des Shangaans, le peuple de la nature. Tous lui demandèrent : « Shaman, tu n'as pas peur du chaos ? » Et il répondait : « Les humains ont provoqué la nature en la détruisant jour après jour, maintenant, elle se venge ! Mais un soir de Noël, un lionceau blanc naîtra et… »

Alice s'interrompt. Mick s'est endormi, un sourire sur les lèvres. Sa mère l'embrasse tendrement avant de sortir de la chambre. Elle jette un coup d'œil à celle de Mia, qui fait semblant de dormir, puis dépose un baiser délicat sur son front.

2 Joyeux Noël !

C'est Noël, et Mick est surexcité. Il surgit dans la chambre de sa sœur, encore endormie, et la tire de son sommeil. Elle se lève à son tour, parce qu'elle aussi n'a qu'une envie : ouvrir ses cadeaux. Les deux enfants frappent à la porte de leurs parents. Interdiction de commencer sans eux ! Ils dévalent l'escalier et découvrent le sapin scintillant au pied duquel les attendent de nombreux paquets.

Pendant que les enfants ouvrent avec enthousiasme leurs cadeaux, John, qui était sorti, revient dans le salon en tenant dans ses mains une toute petite boule de poils : un lionceau blanc !

Mick est émerveillé :

– Je savais que ce n'était pas une légende ! C'est le lionceau né le jour de Noël, venu pour sauver tous les lions de l'extinction et rétablir l'harmonie entre les hommes et la nature…

Alice et John regardent tendrement leur fils à l'imagination débordante.

Mia aussi est fascinée. Elle ressent une émotion étrange, qu'elle ne saurait définir, mais, trop fâchée contre ses parents pour l'admettre, elle feint l'indifférence et fait mine de ne pas s'y intéresser. Elle se concentre plutôt sur sa nouvelle console.

Mick cajole le lionceau posé à terre. John se confie à sa femme :

– C'est vraiment une bénédiction pour notre ferme. Un lion comme ça, c'est très rare. Tout le monde va vouloir venir le voir. Grâce à lui, nous allons recevoir la visite de nombreux touristes et gagner beaucoup d'argent. Enfin !

Allongé sur son lit, Mick tient le lionceau qui a déjà quelques semaines dans le creux de ses bras.

Pendant ce temps, Mia tente par tous les moyens de contacter Daniel, mais il ne répond pas. Depuis quelque temps, son ami est moins présent. L'adolescente s'inquiète quand, tout à coup, son visage apparaît sur l'écran. Mia rayonne de joie.

– On peut se parler ? demande-t-elle.

– Désolé, j'ai plein de devoirs. Une autre fois, propose le garçon avant de se déconnecter.

L'euphorie de la fillette aura été de courte durée. Daniel n'a plus de temps à lui consacrer, et Mia commence à comprendre ce qui se passe : il est en train de l'oublier.

Une larme roule le long de sa joue quand le tout petit lionceau fait irruption sur son clavier, comme s'il avait senti sa détresse. Touchée, Mia sourit et caresse tendrement, pour la première fois, la mignonne petite bête.

Mick, ravi, les observe depuis la porte d'entrée.

– Tu veux lui donner son biberon ? propose-t-il.

Mia, gênée d'avoir été surprise dans ce moment de douceur, répond vivement.

– Non, bien sûr que non ! s'exclame-t-elle nerveusement avant de déposer le lion dans les bras de son frère.

L'adolescente referme la porte derrière elle, puis retourne à son ordinateur. Sur la page Facebook de Daniel, elle découvre une terrible photo : le garçon, main dans la main avec Rachel, lors d'un match de leur équipe de football préférée. Son cœur se brise en mille morceaux.

Plus tard, le lionceau, qui décidément ne la lâche pas, entre à nouveau dans sa chambre et se met à jouer avec l'un de ses ballons de foot qu'il finit par crever.

C'en est trop pour Mia qui, excédée, saisit l'animal, descend dans la cuisine où se trouve sa famille, et jette le bébé lion sur les genoux de son frère.

– J'en ai marre de ce truc qui n'arrête pas de me coller ! C'est toi l'ami des bêtes ! s'énerve-t-elle.

– Il t'aime bien. Tu devrais être contente, répond Mick tristement.

– Tiens, ma chérie, prends un pancake. C'est Jodie qui les a faits, intervient sa mère pour tenter d'apaiser les tensions.

Mais Mia, malheureuse, ne veut rien entendre.

– Je ne veux pas de ces crêpes toutes pourries !

Pour son père, c'est la goutte d'eau. Il ne peut supporter une minute de plus l'agressivité de sa fille.

– Ça suffit, maintenant ! C'est quoi ton problème ?

Mia les regarde tous les trois avec colère.

– Mon problème, c'est vous !

Elle sort de la maison en courant, et hurle pendant un long moment toute la tristesse qu'elle a dans le cœur, devant les enclos des lions, qui la scrutent d'un air étonné.

3

Meilleurs amis

Les semaines ont passé. Mia n'a plus aucune nouvelle de Daniel, et elle s'est finalement fait une raison. Alors qu'elle ouvre doucement les yeux, elle découvre le lionceau, allongé sur son lit, sa gueule tout près de son visage. L'animal, qui a déjà deux mois, lui lèche affectueusement la tête.

– C'est bon, arrête, le repousse-t-elle gentiment.

Mais très vite, elle cède et saisit le biberon posé sur le sol pour le donner tendrement à l'animal.

Depuis qu'il est arrivé à la ferme, le lionceau n'a pas cessé de suivre Mia. Elle s'est laissé prendre au jeu, acceptant peu à peu de le faire entrer dans sa vie. Leur complicité est née, jour après jour…

Mia a même tenté de partager sa passion du foot avec lui, mais l'animal est déjà tellement puissant que, dès qu'il s'empare d'un ballon, il le crève immédiatement.

Après une énième tentative, Mia capitule.

– Je crois qu'on va arrêter le foot ! Tu n'es vraiment pas doué, plaisante-t-elle.

Un peu plus tard, avec des cris de joie, Mia dévale, sur une trottinette qu'elle a transformée en engin à moteur, le chemin de terre poussiéreux qui traverse la ferme. Bientôt, elle remarque que le lionceau court à ses côtés, bondissant à travers les hautes herbes. Il semble s'amuser autant qu'elle en tentant de la rattraper.

– Il est fou, cet animal ! s'écrie-t-elle, les yeux rieurs.

Et elle l'associe à son jeu : elle ralentit, fait demi-tour puis repart à toute allure. L'animal suit chacun de ses mouvements.

L'adolescente d'hier n'est plus. Mia a retrouvé le sourire. Elle s'est fait un nouvel ami.

Tandis que Mia apprend à comprendre le jeune lion, son père se donne corps et âme au développement de la ferme familiale.

Il vient tout juste d'en reprendre la gestion, dix ans après son départ pour la Grande-Bretagne, et il compte bien tout faire différemment ! Il a investi beaucoup d'argent dans la construction de chambres d'hôtes, mais les travaux prennent du retard. Rien n'avance comme prévu, et John a accumulé d'importantes dettes. Il doit trouver une solution pour s'en sortir. Alice, sa femme, ne connaît rien de la situation. Le chef de famille se refuse à lui en parler, il a trop peur de la décevoir.

Préoccupé après une discussion avec Kevin, son régisseur, John retrouve Alice, qui l'attend sur la terrasse. Immédiatement, son humeur change. Elle est son rayon de soleil.

– Viens voir ça ! lui dit-elle joyeusement.

Il court vers elle et la prend dans ses bras. Tous deux regardent Mia et Mick qui filent à toute vitesse sur la trottinette à moteur. Ils ont installé le lion dans un side-car, sur lequel ils ont gravé le nom qu'ils lui ont donné : Charlie.

– Je pense que tu avais raison, John, elle commence à apprécier d'être ici, se réjouit Alice.

Le père sourit, heureux que les choses rentrent enfin dans l'ordre.

Charlie dort désormais dans le lit de Mia. À quatre mois, il a déjà beaucoup grandi : ses pattes sont imposantes et ses dents tranchantes comme des couteaux. Lorsqu'il s'allonge sur Mia, elle ne peut plus bouger. Mais pour rien au monde, elle ne voudrait qu'il dorme ailleurs !

Une fois de plus, un cri de Mick transperce la nuit. Alice se précipite mais lorsqu'elle arrive dans la chambre de son fils, Mia est déjà sur place. Assise au bord de son lit , elle termine de lui chanter la berceuse :

– Bravo, mon bébé, mon héros, tu l'as trouvée.
Ça y est, tu t'envoles en douceur.
Merci, l'étoile, d'avoir bercé son cœur.

Mick, apaisé, serre la main de sa sœur, qui lui raconte alors l'histoire :

– Aujourd'hui encore, personne ne sait d'où viennent les lions blancs… Les Shangaans pensent qu'ils sont sacrés et qu'ils vont nous aider à signer la paix avec la terre.

Au moment où Mia s'apprête à se lever, Mick, dans un demi-sommeil, resserre la pression sur sa main.

– Mia, ce n'est pas une légende. Tu dois y croire ! Il y a même des gens qui ont

créé une réserve dans le Timbavati pour accueillir le retour du lion blanc, insiste-t-il.

Mia le regarde avec tendresse, sans savoir quoi penser. Puis elle quitte la chambre à pas de loup.

– Merci, lui dit sa mère sur le palier, un sourire tendre sur les lèvres.

L'adolescente rejoint sa chambre, où Charlie est toujours étendu sur son lit.

– Tu sais qu'il ne pourra pas toujours rester dans la maison, n'est-ce pas ? déclare sa mère dans l'entrebâillement.

Sans prendre la peine de répondre, Mia s'approche du lionceau et caresse affectueusement sa tête.

– Tu penses qu'elle est vraie, cette légende ? demande-t-elle pour changer de sujet.

Alice sait que sa fille attend une réponse franche.

– Dans le monde de Mick, oui… Mais une légende n'a pas besoin d'être entièrement vraie pour contenir une part de vérité. C'est à chacun de nous de décider ce qu'il veut croire.

Elle embrasse tendrement sa fille et descend rejoindre John dans le salon. Il la prend dans ses bras et lui fait part de ses inquiétudes :

– Je n'aurais jamais imaginé dire ça un jour, mais Mia ne s'attacherait-elle pas un peu trop à ce lionceau ?

– Elle est heureuse, déclare Alice. C'est la première fois depuis que nous sommes ici. Je ne veux pas gâcher ça maintenant.

Mia se penche sous son lit et en sort une lampe électrique. Elle sait que sa mère lui a demandé de dormir, mais elle a trop envie de poursuivre sa lecture du livre de Kevin Richardson, un homme passionné par les lions, qui a réussi à communiquer avec eux comme personne. Il la fascine ! Cachée sous la couette, elle s'éclaire avec sa torche et se met à lire.

C'est alors que Charlie, attiré par la lumière, tente d'attraper la lampe. Mia le repousse, mais, pour la première fois, le lionceau se rebelle et la griffe. Le bras ensanglanté, Mia est terrorisée. Que s'est-il passé ? Son ami lui a fait mal, il l'a attaquée !

Mais, très vite, elle comprend qu'il s'agit de tout autre chose : Charlie grandit, il veut s'affirmer, comme les enfants.

– Tu me testes !

Elle prend son courage à deux mains et récupère la lampe. Charlie cherche à nouveau à la griffer, mais Mia lui donne une petite tape sur le museau.

– Non ! le gronde-t-elle. C'est moi le chef.

Charlie ronchonne, puis se recouche à côté d'elle. Mia sourit : ils viennent de franchir une grande étape dans leur relation…

–Je peux venir avec toi nourrir les lions ? demande Mia en entrant en trombe dans le bureau de son père.

– Vraiment ?! s'étonne John.

Ravi que Mia s'intéresse à son travail, il accepte avec plaisir. Mais si la jeune fille veut l'accompagner, c'est surtout pour lui parler de Charlie. Père et fille traversent la cour en direction de la Jeep et passent prendre Kevin, qui vient de finir de nourrir les lionceaux de la nurserie.

Tous les trois embarquent dans la voiture. La fillette s'assied sur les genoux de son père, qui lui apprend à conduire. Aussitôt, Mia commence à le questionner. Elle veut tout savoir !

– Comment gagne-t-on de l'argent dans notre ferme, papa ? On élève les lions pour leur préservation, pas vrai ? C'est le but ? Quelqu'un nous paie pour ça ?

– J'aimerais bien ! s'exclame Kevin.

– Nos rentrées d'argent viendront du gîte, quand il sera prêt ! Des promenades parmi les lions en liberté, des équipes de tournage

qui verseront des droits, des scientifiques qui viendront faire des recherches…

Mia réfléchit un instant ; elle pense toujours à Charlie.

– Et les lions que tu vends ? demande-t-elle, soucieuse.

– Tu ne vas pas y échapper, avertit Kevin en souriant.

– On doit parfois vendre des lions, en effet. À des zoos, à des parcs ou à d'autres éleveurs. Pourquoi tu me demandes ça ?

Mia réagit immédiatement :

– Je ne veux pas que tu vendes Charlie ! Il n'est pas comme les autres lions, il est différent !

John arrête la voiture devant un enclos. Une douzaine de lions se jettent contre la clôture, rugissant férocement.

– Mia, les lions sont tous pareils. Passe de l'autre côté du grillage, et n'importe lequel de ceux-ci te mangera en cinq secondes. Même si tu l'as nourri, chouchouté ou baigné, que tu t'appelles Mia, Kevin ou le pape… un animal sauvage sera toujours un animal sauvage, et tu n'y changeras rien, quoi que tu fasses.

Mais Mia n'écoute rien. Elle a un objectif en tête et ne le lâchera pas.

– Promets-moi de ne pas le vendre !

– Ne t'inquiète pas pour Charlie. C'est lui qui fait venir le plus de touristes à la ferme, je ne suis pas près de le vendre.

Mia sourit, soulagée.

Aujourd'hui est un jour spécial : Mia part pour un stage de foot avec son école. Charlie, anxieux, regarde l'adolescente finir sa valise.

– Ne t'en fais pas, Charlie. Je ne pars que deux semaines. Toi aussi, tu vas me manquer, mais on va bien s'amuser, tous les deux : moi, avec mes camarades, et toi, avec tes copains lions. Et puis je reviendrai vite. Je veux que tu sois sage, d'accord ?

Puis elle sort de sa chambre. Charlie la suit, l'air malheureux.

Mia jette sa valise dans la Jeep et adresse un dernier au revoir au lionceau.

– Kevin va bien s'occuper de toi.

Mais alors que le régisseur s'approche du lionceau, ce dernier lui lacère le bras.

Mia se précipite immédiatement .

– Tu es fou ?! Qu'est-ce qui te prend ?! lance-t-elle au lionceau.

John bondit hors de la voiture. Il en a marre que ce lion fasse la loi à la maison ! Il vient de blesser Kevin ! Il est allé trop

loin, cette fois. Le père saisit une laisse et attache Charlie, qu'il remet à son régisseur.

– Mia, monte dans la voiture, tout de suite ! ordonne-t-il.

La jeune fille obéit, désolée. Tandis que le véhicule démarre, Mia se retourne et fixe tristement le lionceau, qui tire sur sa laisse en gémissant. Elle n'arrive pas à le quitter des yeux, et ce, jusqu'à ce que son image ne soit plus qu'un petit point au loin.

Aussitôt Mia partie, Charlie change de comportement. Il ne bouge plus, ne joue plus et se laisse même embêter par les autres lionceaux. Mia n'est pas heureuse non plus. Le foot, elle s'en fiche, à présent ! Celui qui l'intéresse, c'est Charlie, et il lui manque terriblement.

Et plus le temps passe, plus l'état de Charlie devient préoccupant. Il maigrit de jour en jour. Les autres lionceaux l'attaquent et ses blessures s'aggravent.

Alice traverse l'enclos avec Mick pour retrouver John. Il est en pleine discussion avec Kevin, la voix remplie d'inquiétude.

– C'était quand, son dernier repas ? demande-t-il.

– Hier matin. Il a arrêté de se lécher et il tape sans arrêt contre le portail. C'est mauvais signe.

– On ne peut pas le nourrir nous-mêmes ? propose Alice.

– Impossible ! s'exclame John. Personne ne peut l'approcher.

Mick a soudain une idée :

– Peut-être que Mia lui manque ?

– Ne sois pas bête ! lui répond John, qui ne croit pas une seconde que ce genre de chose soit possible.

Mick regarde son père, les yeux pleins de tristesse. Il aimerait tant qu'il soit fier de lui. Mais John ne prête jamais attention à ce qu'il peut dire ou faire. Il n'est pas le petit garçon que son père aurait aimé avoir. Et ça le rend très malheureux.

En visite au musée de l'Apartheid, Mia se désespère. Elle aimerait tant retrouver Charlie… Elle sent que quelque chose ne va pas, qu'il a besoin d'elle. Faisant fi des règles et déterminée à rejoindre son ami, elle décide de retourner à la ferme, quels que soient les dangers qu'elle croisera sur son chemin. Elle fausse discrètement compagnie au reste de son groupe et s'engage sur la route, pouce levé, dans l'espoir que quelqu'un la prenne en auto-stop. Par chance, un camion s'arrête. Mia grimpe aussitôt dans la cabine.

Arrivée à la ferme, la jeune fille se précipite dans l'enclos de Charlie. Le lionceau fait peine à voir. Elle se dépêche de préparer un grand biberon, prend son ami dans ses bras et lui chante la berceuse en le caressant. Pour la première fois depuis des jours, Charlie tête goulûment.

John et Alice, avertis de la disparition de leur fille, s'apprêtent à monter dans la Jeep, quand Kevin les arrête :

– Attendez ! Venez voir ça…

– Plus tard, Kevin ! Mia s'est enfuie, on doit la retrouver.

– Je vous parle de Mia ! Elle est là ! Incroyable !

Leur regard s'arrête un temps sur Kevin, puis ils accourent devant l'enclos et se figent : Charlie, pelotonné dans les bras de Mia, termine son biberon.

John observe la scène, bouleversé. Mick avait raison : Charlie était en train de mourir d'amour.

5 L'ACCIDENT

Un an plus tard.

Les touristes se pressent autour de l'enclos de Charlie. Comme John l'avait prédit, il est bien l'attraction numéro 1 de la ferme ! Il est plus grand, plus imposant et bien plus puissant que le plus grand des chiens. Son port de tête est majestueux, ses yeux pétillent de malice et son pelage semble doux comme de la soie.

C'est Kevin qui guide la visite.

– Le lion blanc est extrêmement rare. Charlie est un exemple unique de sa réapparition naturelle. Il est l'objet de plusieurs croyances africaines. Cet animal serait divin et porterait chance !

Une fois la visite terminée, Mia s'empresse de rejoindre Charlie dans son enclos. Les deux amis jouent ensemble, le gros chat mesurant chacun de ses gestes. Dans la maison, Jodie les aperçoit par la fenêtre.

– Mia est dérangée du cerveau ! s'exclame-t-elle. Ce lion va finir par la manger !

La gouvernante connaît bien les lions. Voici des années qu'elle est au service de la famille Owen. Elle s'occupait déjà de la ferme à l'époque où le père de John en était le propriétaire. Elle sait pertinemment qu'on ne devient jamais ami avec un lion.

Mick s'approche à son tour et observe la scène avec ses yeux d'enfant.

– Non, Jodie, tu te trompes. Mia est une magicienne ! Charlie ne lui fera jamais aucun mal.

Assis sur le canapé du salon, John ressasse ses éternels soucis d'argent. Même si l'arrivée de Charlie a attiré de nombreux touristes, il lui reste encore beaucoup de factures à payer.

Alors qu'il veut allumer la télévision, il se rend compte qu'elle n'est plus à son emplacement habituel. Il la voit alors, au sol, brisée en mille morceaux. Qu'a-t-il bien pu se passer ? Tel un véritable détective, il suit les débris, qui l'amènent jusqu'à l'extérieur de la pièce. Tout à coup, il entend un bruit qui provient du placard à balais. Il l'ouvre brusquement et y découvre… Jodie, recroquevillée sur elle-même !

– Mais qu'est-ce que tu fais là-dedans ? lui demande-t-il, surpris.

Jodie, morte de peur, pointe son doigt derrière lui. Il se retourne et découvre Charlie, qui, non content d'avoir joué avec la télévision, s'attaque à présent, perché sur la table, au déjeuner.

John n'en peut plus. Ce lion est énorme et fait de plus en plus de bêtises. Il y a longtemps qu'il ne devrait plus être autorisé à entrer dans la maison.

– Mia ! tonne-t-il, à bout de nerfs.

La jeune fille arrive en courant. Elle a beaucoup grandi, elle aussi, et a gagné en assurance.

– Ça va, papa ! C'est bon, je m'en occupe.

– Non, ce n'est pas bon, Mia ! corrige John. Il a aussi cassé la télévision ! Il est trop âgé, maintenant, pour vivre avec nous, dans la maison. Je te l'ai déjà dit : il doit rester dehors avec les autres !

Devant la mauvaise humeur de son père, Mia entraîne Charlie hors de la maison, sans un mot.

Mick, que la scène a rendu très anxieux, est soudain pris de tics. Il tapote nerveusement ses doigts sur la table.

Au même moment, Alice fait irruption dans la pièce.

– Ça va, chéri ? demande-t-elle à son mari.

– Longue journée, dit John en soupirant et en prenant place à côté de son fils, à la table de la cuisine.

Puis, soudain, il abat brutalement sa main sur celle de Mick. Il ne supporte pas quand son fils tapote ainsi !

– Arrête ! hurle-t-il.

Alice prend sa défense.

– Il ne peut pas s'en empêcher, c'est plus fort que lui. Tu le sais bien, John.

Mais ce dernier refuse d'écouter.

– Il peut s'il veut. Pas vrai, Mick ? insiste-t-il froidement.

Mick hoche la tête pour faire plaisir à son père, mais l'effort qu'il fournit pour essayer de se retenir s'affiche déjà sur son visage.

Mia a fini ses devoirs. Elle regarde un documentaire sur les lions blancs, quand elle entend un cri provenant de l'extérieur. Elle se précipite dehors et aperçoit une foule de touristes assemblés autour d'une jeune fille, tout près de l'enclos de Charlie.

Elle a le visage en sang.

Prise de panique, Mia cherche Charlie du regard, mais lorsqu'elle le voit, son ami est calme et détendu. Rassurée, elle demande à Kevin ce qui s'est passé.

– C'est une stagiaire. Elle t'a vue jouer avec Charlie. Elle a voulu faire pareil pour amuser les visiteurs, et il l'a attaquée.

Mia s'énerve.

– Mais quelle idiote ! C'est sa faute ! Elle ne le connaît même pas ! C'est une bête sauvage, pas un chaton ! Qu'est-ce qu'elle croyait, au juste ?

Kevin essaie de la faire taire. Au même moment, John arrive et tente de faire diversion. Si les gens se mettent à craindre Charlie, ce sera une catastrophe pour la ferme.

– Il n'y a rien à voir par ici, les amis, rien qu'une petite égratignure. Allez visiter les autres enclos !

Avant que les touristes ne se soient éloignés, Mia interpelle son père :

– Il faut le laisser tranquille, papa ! Lui donner de l'espace! Il en a marre de tous ces gens autour de lui !

Quelques touristes entendent cette remarque, ce qui met John mal à l'aise. Il continue de leur sourire et murmure à sa fille, entre ses dents :

– Il va falloir qu'il s'y habitue, ce n'est pas une œuvre de bienfaisance, ici !

Alors, la jeune adolescente explose :

– C'est tout ce qui t'intéresse, hein ? Le fric ! Le business ! Ce sont des êtres vivants... Tu ne peux pas les traiter comme de la marchandise fabriquée dans une usine !

John, furieux, la prend par le bras et l'entraîne jusqu'à la maison. Aussitôt à l'intérieur, il claque la porte et se tourne vers elle.

–Je ne te laisserai pas me parler comme ça devant le public, compris ?

Mia est effrayée par la colère de son père.

– La seule façon d'aider ces bêtes que tu aimes tant, c'est de faire fonctionner la ferme comme une vraie entreprise. Et toi et ce lion, vous allez sacrément y contribuer !

6

La disparition

Les factures s'entassent sur le bureau de John. Fatigué, il prend sa tête entre ses mains. Alice entre dans la pièce et l'embrasse.

Tout à coup, un son assourdissant de hip-hop arrive de l'extérieur, tandis qu'un 4 x 4 Mercedes noir freine en faisant crisser ses pneus dans l'allée.

C'est Dirk, un très vieil ami de John. Alice lève les yeux au ciel : elle déteste cet homme ! Elle décide de s'éclipser avant qu'il ne la voie.

– Salut, mon pote ! s'exclame Dirk en entrant dans le bureau de John. Mais qu'est-ce qui t'arrive, vieux frère ? Tu n'appelles plus, tu ne viens plus…

– Je t'ai dit… on ne fait plus ce genre de boulot.

– Ne sois pas idiot, j'ai besoin de toi… Tu es lourdement endetté. Je te paierai plus, s'il le faut, propose Dirk.

John grimace.

– Ce n'est pas une question d'argent, je l'ai promis à Alice.

– OK, OK, mais appelle-moi si tu changes d'avis, conclut Dirk avant de rejoindre son véhicule.

Comme tous les jours depuis un an, Mia joue avec Charlie. Il est vraiment très impressionnant, maintenant. S'il le voulait, il pourrait tuer la jeune fille d'un seul coup de dents.

Lorsque Alice vient embrasser Mia, elle remarque de profondes égratignures sur ses bras.

– C'est quoi, ça ? demande-t-elle, soucieuse. C'est Charlie, qui t'a fait ça ?

Mia cache ses blessures.

– Ne t'inquiète pas, maman. C'est juste qu'il ne contrôle pas encore bien ses griffes.

– Mia, je ne suis pas d'accord. Charlie est trop grand pour jouer comme avant.

Tu sais ce que papa t'a dit : toujours debout, les bras hors de portée.

Mia la coupe :

– Maman, je gère.

Mais Alice insiste :

– Papa n'est pas le seul à te le dire, Kevin aussi te le répète. Tu ne dois pas te mettre à son niveau, sinon il pensera que tu es une proie.

Mia aime provoquer sa mère, alors, pendant qu'elle lui parle, et, tout en la fixant dans les yeux, elle recule doucement en direction de Charlie. Alice est morte de peur.

– Toutes ces règles, maman, tu crois que je ne les connais pas ? Ne jamais regarder un lion dans les yeux, ne jamais lui tourner le dos, ne jamais le laisser sauter sur toi, bla-bla-bla… Tout ça, c'est pour des lions qu'on ne connaît pas.

Soudain, Charlie bondit sur le dos de Mia et la fait tomber au sol.

– Mia ! hurle sa mère.

Mais l'adolescente réapparaît sous l'animal, un sourire jusqu'aux oreilles.

Sa mère soupire de soulagement.

John les interrompt en criant :

– Mia, remets Charlie dans l'enclos et file te préparer ! Ce soir, je vous emmène au restaurant !

Avant de prendre place dans la Jeep, où l'attendent ses parents et son frère, Mia s'approche de Charlie et le caresse affectueusement.

– À tout à l'heure ! lui dit-elle en le serrant dans ses bras.

Puis, après avoir refermé la porte de son enclos, elle monte dans le véhicule, qui démarre dans un vrombissement. Alors que la petite famille roule vers la ville, Mick regarde sa sœur avec curiosité. Quelque chose a changé, mais il ne saurait dire quoi.

Tout à coup, il s'écrie :

– Tu t'es maquillée !

C'est une chose rare chez Mia, qui n'aime pas trop mettre en avant sa féminité. Alice la complimente également.

– Tu es très jolie, ma chérie.

Mia rougit.

Les derniers mois ont été éprouvants, et Mia et ses proches sont heureux de pouvoir se retrouver. Ils se sont installés à une table du Café Vaudou.

– Cet endroit te rappelle quelque chose, ma petite Française ? demande John à Alice, malicieux.

– Comment l'oublier ? répond-elle, un sourire aux lèvres.

Puis elle se tourne vers ses enfants.

– C'est l'endroit où votre père m'a emmenée la première fois que je suis venue en Afrique du Sud, explique-t-elle.

Mia et Mick regardent leurs parents. Ils ont l'air si heureux, ce soir !

John reprend :

– Je voulais qu'on soit ici, tous ensemble, parce que, pour la première fois depuis notre retour, nous avons vendu assez de lions pour que les recettes dépassent les dépenses !

Il prend la main d'Alice.

– Je sais que ça a été difficile pour toi de revenir ici.

Mia observe ses parents, curieuse.

– Si vous viviez ici, pourquoi êtes-vous partis vous installer à Londres, avant ma naissance ?

Alice jette un regard gêné à son mari, qui répond :

– Votre grand-père s'occupait mal de la ferme. Il travaillait avec Dirk, et maman n'appréciait pas vraiment ses méthodes. C'est pour cette raison que nous sommes partis. Et puis quand votre grand-père est mort, nous sommes revenus, et j'ai promis à maman de ne plus faire affaire avec Dirk.

Sur le chemin du retour à la ferme, John et Alice se remémorent avec émotion leur rencontre. Alice étudiait à l'université, à Paris, lorsque John est arrivé. Toutes les filles n'avaient d'yeux que pour ce ténébreux garçon, mais lui était tombé sous le charme d'Alice. Elle se trouvait quelconque, il la trouvait belle. Elle se voyait maigrichonne, il la voyait fragile. Elle se pensait maladroite, il la pensait distinguée. Elle était mal dans sa peau, il la trouvait géniale et émouvante. Il l'a illuminée de son regard et ils se sont tout de suite aimés.

– Qui est la meilleure des mamans ? demande John, euphorique, les yeux pétillants.

– La nôtre ! s'exclament en chœur Mia et Mick.

La Jeep arrive bientôt dans l'allée qui mène à la ferme. Quand elle pénètre dans la cour, ses phares balaient l'enclos de Charlie, qui est… désespérément vide !

Dans la précipitation, Mia a mal refermé le verrou.

C'est une catastrophe !

– Alice, rentre avec les enfants ! ordonne John. Et appelle Kevin !

– Je peux aider, tente Mia, penaude.

– Tu en as déjà assez fait ! répond John d'un ton sec. Ça n'est pas un animal de compagnie, quand vas-tu enfin comprendre ça ? Il vaut une fortune, et on ne peut pas risquer de le perdre ! Maintenant, rentre à la maison.

Mia s'éloigne, malheureuse. Mais elle n'a pas dit son dernier mot !

Tandis que les lumières des lampes torches percent l'obscurité à la recherche de Charlie, la jeune fille avance à pas feutrés en direction de la réserve. Mick aperçoit sa sœur par la fenêtre et décide de la suivre.

L'adolescente atteint la clôture de la réserve, mais celle-ci est fermée par un cadenas. Impossible d'entrer !

– C'est pas vrai ! s'énerve-t-elle en essayant de l'ouvrir.

En regardant autour d'elle, elle aperçoit Mick, qui court dans sa direction.

– Je peux t'aider, lui dit-il, essoufflé.

– Mais non, tu ne peux pas ! Regarde, ils ont mis un nouveau cadenas !

Alors que Mia entreprend l'escalade du grillage, Mick s'énerve. Il en a assez qu'on ne le prenne jamais au sérieux !

– Puisque je dis que je peux t'aider ! insiste-t-il.

Il met ses mains en porte-voix et appelle :

– Henri ! Henri !

Mia, affolée, redescend précipitamment pour le faire taire, lorsque, soudain, Henri, un énorme éléphant, sort de l'obscurité et s'avance vers eux, répondant à l'appel de Mick.

Sous les yeux éberlués de Mia, il défonce tranquillement le portail et entre dans la réserve.

– Tu es un magicien ! s'exclame Mia.

Le garçon est si fier d'avoir impressionné sa sœur !

Les deux enfants courent aussitôt dans les herbes hautes, pressés de retrouver le lion blanc.

Bientôt, une forme pale apparaît : Charlie. Mick n'est pas vraiment rassuré par la présence de l'animal, mais ce dernier ne lui prête même pas attention.

– Mais qu'est-ce que tu as ? Tu es couvert de sang ! crie Mia en se précipitant vers lui.

Alors qu'elle se penche sur Charlie, elle réalise qu'il tient quelque chose dans sa gueule.

Soudain, elle est éblouie par le faisceau d'une lampe de poche, celle de Kevin.

– Qu'est-ce que vous faites ici ? interroge-t-il, furieux.

Mais les enfants ne l'écoutent pas, ils sont fascinés par le spectacle auquel ils assistent :

– Il a attrapé quelque chose ? demande Kevin, curieux.

– Non, il a *sauvé* quelque chose, lui répond la jeune fille, avec émotion.

– Et il l'a apporté à Mia pour qu'elle le protège, complète Mick.

Kevin s'approche. Charlie porte dans sa gueule un bébé mangouste blessé. Ce que vient de faire le lion est absolument contre nature, il aurait dû le dévorer. Kevin n'en revient pas.

– Je te l'avais dit, Kev, il n'est pas comme les autres, affirme Mia.

Tout à coup, ils entendent des voix.

– Allez ! Partez d'ici, tous les deux, avant que votre père ne vous voie ! s'écrie Kevin.

Mick s'empare du bébé mangouste, et les enfants s'éloignent dans la nuit, le cœur léger.

7 Une lourde décision

Un an plus tard.

Un vieux break est garé derrière le hangar, dans la cour de la ferme. Ses portières sont grandes ouvertes, et Mia éparpille des morceaux de poulet autour et à l'intérieur du véhicule.

Que peut-elle bien faire ?

Elle ouvre l'enclos de Charlie, qui, à deux ans, possède déjà une magnifique crinière, et l'invite à la rejoindre. Charlie n'est pas apprivoisé – on n'apprivoise pas un lion. Les deux amis ont simplement appris à se connaître et à communiquer.

L'adolescente le conduit près de la vieille voiture. Et, tout en suivant les morceaux de viande, l'animal se retrouve bientôt à grimper sur la banquette arrière. Mia, très fière, s'installe au volant.

– C'est super, Charlie ! Comme ça, on pourra aller partout, tous les deux !

Charlie approche sa gueule du visage de Mia et frotte son front contre celui de la jeune fille.

Mick les observe depuis la fenêtre du hangar, dubitatif.

– Et dire que c'est moi qui consulte un psychiatre ! plaisante-t-il.

Mia rit, et c'est vrai que la scène a de quoi surprendre. Charlie est tellement gros, maintenant, que lorsqu'il s'allonge sur le capot de la voiture, on ne distingue plus un seul morceau de tôle. Il prend toute la place ! Et voir la petite tête de

Mia si proche de cette énorme gueule est vraiment effrayant.

– Tu veux de la musique, Charlie ? demande-t-elle en allumant la radio.

Du hard rock sort des haut-parleurs. La jeune fille adore, mais Charlie ne semble pas du tout du même avis. Il grogne et tourne la tête comme s'il boudait. Mia change alors de station et s'arrête sur un air d'opéra.

– Tu préfères peut-être ça ?

Charlie se tourne à nouveau vers elle, plus apaisé. Mick, qui adore l'opéra, ne perd pas une occasion de se moquer d'elle :

– Ce lion a meilleur goût que toi !

– Traître ! lance-t-elle à Charlie en souriant.

Tandis qu'elle reconduit le lion dans son enclos, Mia se rend compte que son frère les regarde avec envie.

– Mick… Tu peux entrer, si tu veux… Crois-moi, tu peux lui faire confiance, il te connaît depuis qu'il est né, il ne te fera aucun mal ! Le seul risque, c'est si toi, tu as peur ! lui explique-t-elle.

– Les parents ne seraient pas d'accord, et tu le sais.

– Tu en as envie ou pas ? insiste-t-elle.

Mick hésite, mais, bravant son appréhension, il pousse la porte grillagée et entre prudemment. Charlie l'ignore. Alors, tout doucement, il se met à le caresser.

– Tu vois ? C'est bien, cherche à le rassurer Mia. Pour lui, tu n'es ni une menace ni une proie. Tu es un membre de son clan.

Malheureusement, au même moment, Alice sort de la maison et aperçoit ses enfants dans l'enclos. Elle panique immédiatement.

– Mia ! Mick ! Mais qu'est-ce que vous faites ? Vous êtes fous ?! John, viens vite !

Effrayé par les cris, Charlie commence à s'agiter. Mia sait que, maintenant, la situation devient dangereuse. Elle essaie alors de calmer tout le monde.

– Charlie ! Reviens ici !

Puis elle s'adresse à sa mère :

– Il n'y a rien à craindre, maman !

John jaillit de la maison, armé d'un fusil.

– Mick, Mia, sortez de là ! Tout de suite !

Il pointe son arme sur Charlie, prêt à tirer. Mick, gagné par la peur, se dirige lentement vers la porte de l'enclos. John et Alice, de plus en plus affolés, tentent de

maîtriser leur peur. Effrayé, l'adolescent ne semble plus se contrôler quand il ouvre la porte en fer. Et tandis qu'il recule en la refermant, il trébuche et se cogne la tête sur une pierre. Dans une terrible confusion, Mia sort à son tour et claque la porte. Charlie se jette dessus au même moment, comme pour attaquer.

L'ambiance est lourde dans le salon des Owen. Allongé sur les genoux de sa mère,

Mick se fait soigner par un médecin, qui lui bande précautionneusement la tête. John fait les cent pas derrière le canapé. Quant à Mia, elle est restée dans un coin de la pièce, prostrée.

Alice est terriblement choquée, sa voix tremble.

– Mia, tu as mis la vie de ton frère et la tienne en danger. Je t'interdis définitivement d'approcher ce lion. Je ne veux plus jamais te voir avec lui !

Mia explose :

– Mais maman, ce n'était pas sa faute ! *Vous* lui avez fait peur !

Alice est ahurie par la réaction de sa fille. Que lui faut-il de plus ?

– Mais tu es dingue ! Qu'est-ce que tu racontes ?! Il a failli vous tuer !

John l'interrompt :

– Je t'ai déjà laissée aller beaucoup trop loin avec ce lion. On va s'en séparer.

– Papa ! Pas ça ! Je ferai n'importe quoi ! le supplie Mia, effondrée, avant de

rejoindre sa chambre, les yeux remplis de larmes.

– Mia a raison, intervient Mick après le départ du médecin. C'est vous qui lui avez fait peur. Si vous n'étiez pas intervenus, Charlie ne se serait jamais énervé.

Alice est bouleversée.

– On ne peut pas lui faire ça, John. On ne peut pas vendre Charlie. Mia n'acceptera jamais, tu t'en rends compte ? Ce serait insupportable pour elle.

John ne peut qu'acquiescer, désemparé. Mais que faire ? Se séparer de l'animal et causer une immense peine à Mia ou garder Charlie au risque qu'il s'attaque un jour à sa fille ?

Mia est assise dans la cuisine, face à ses parents. John a pris sa décision.

– À partir d'aujourd'hui, ce lion reste dans son enclos, et toi, tu n'y entres plus JAMAIS, c'est compris ? déclare-t-il sur un ton glacial. Si tu désobéis encore une fois, je vends Charlie.

– C'est ta dernière chance, Mia, ajoute Alice.

La jeune fille, la mort dans l'âme, opine de la tête et sort. Elle sait qu'elle n'a pas le choix.

Elle rejoint Charlie et colle sa tête contre la clôture. Le lion vient alors, lui aussi, presser sa gueule contre le grillage en acier.

–Je sais que ce n'est pas ce que tu voulais. Tout est ma faute. Un jour, je t'emmènerai à la réserve de la rivière Timbavati, et tu seras libre ! Je ne sais pas encore comment, mais j'y arriverai, je te le promets.

L'adolescente caresse tendrement son ami, qui ronronne.

Le lendemain matin, à l'aube, Mia se réchauffe sur la terrasse, profitant des premiers rayons du soleil. Triste et pensive, elle n'a pas dormi de la nuit.

Son père s'installe à côté d'elle.

– Je t'aime, ma fille, lui dit-il avec tendresse.

Mia pose sa tête sur son épaule. Elle sait qu'elle doit être indulgente avec lui. Il n'est qu'un adulte, après tout…

8 Le mensonge

Un an plus tard.

Mia a maintenant treize ans. Plus grande, plus dégingandée et, bien qu'elle ne s'en rende pas compte, plus belle que jamais, elle est allongée au milieu d'un grand fouillis, dans le hangar de la cour. L'adolescente est à la recherche de trésors oubliés, dans les vieilles malles de ses parents. Elle adore faire ça : retrouver les souvenirs de son enfance.

Tout à coup, elle met la main sur une antique caméra, qu'elle dépoussière et tente de mettre en marche. Miracle ! Un film se lance. La scène se déroule à la ferme, quatorze ans plus tôt. Elle sourit en voyant des images de Mick bébé, riant et jouant avec leurs parents. Il semble si heureux, si insouciant. Puis Mia aperçoit sa mère, enceinte.

Ces images sont émouvantes, mais quelque chose intrigue Mia plus que tout :

son frère. Sur la vidéo, il semble « normal ». Qu'est-il donc arrivé pour qu'il devienne le Mick d'aujourd'hui ?

Le voici justement qui revient de l'un de ses nombreux rendez-vous chez le psychologue. Mia entend le bruit de la Jeep dans la cour. Le garçon descend du véhicule, les poings serrés, retenant ses larmes.

L'adolescente, sortie du hangar, questionne sa mère :

– Ça s'est mal passé ? Il y a eu un problème ? Dis-moi !

Alice se dirige vers la maison.

– Rien de grave. Je te raconterai plus tard, OK ?

– Quand, exactement ? Tu n'en parles jamais ! J'ai le droit de savoir, c'est mon frère, quand même ! s'énerve Mia.

N'obtenant pas de réponse de sa mère, elle file consoler Mick. En arrivant sur le pas de sa porte, elle ne sait pas très bien comment l'aborder. Il a l'air si triste, si lointain…

– Tu veux que je t'aide à nourrir tes animaux ? propose-t-elle d'une petite voix.

Mais Mick ne réagit pas. Il s'est enfermé dans son monde.

– Les choses changent, Mick. Elles ne seront pas toujours comme ça, continue Mia en s'asseyant à côté de lui, sur son lit.

Il se tourne soudainement vers la jeune fille.

– Pour moi, si, objecte-t-il. Regarde-moi : j'ai des paniques nocturnes et je fais des cauchemars toutes les nuits. J'ai deux ans de plus que toi et j'ai toujours besoin de lumière dans ma chambre pour dormir. Je ne sers à rien !

– Ce n'est pas vrai, Mick ! Et tous ces animaux, qu'en fais-tu ? Ils seraient morts si tu n'étais pas là.

– J'ai quinze ans et ce sont mes seuls amis. C'est pathétique ! Tu le dis toi-même.

– Parce que je suis une idiote ! C'est vrai que tu es différent, Mick, mais c'est pour ça que tu es merveilleux. Ta différence, c'est ta richesse. Tes cauchemars, tes peurs, ils s'en iront avec le temps, tu verras.

Elle le fixe du regard.

– Allez, suis-moi, je veux te montrer quelque chose.

Mia lui prend la main et l'entraîne à l'extérieur, en prenant bien soin que personne ne les voie. Après avoir vérifié que la cour était déserte, elle pousse Mick vers l'enclos de Charlie et ouvre le verrou.

Mick panique. Que fait-elle ? C'est beaucoup trop dangereux ! Mais Mia le rassure :

– Ne t'inquiète pas, je ne crains rien. Et je veux que tu connaisses mon secret.

Elle fait quelques pas dans l'enclos, promène son regard de gauche à droite, puis appelle :

– Ouh, ouh… Viens là, mon bébé. Viens me voir, Charlie. Où es-tu ? Viens me voir.

Charlie surgit devant eux. Il est gigantesque, à présent. À trois ans, c'est un lion adulte, avec des pattes imposantes et une large crinière entourant une énorme gueule et de puissantes mâchoires, un mâle superbe qui trottine tout en souplesse vers Mia et saute dans ses bras ouverts.

La jeune fille éclate de rire tandis que Charlie l'entraîne gentiment sur le sol.

Mick est fasciné par cette image : la puissance de ce lion, maîtrisée par l'amitié qui les lie tous les deux, est magnifique. Le garçon attrape son téléphone et filme pour immortaliser ce moment.

– Charlie est mon ami, je ne pouvais pas m'en séparer. Je viens le voir chaque jour depuis un an, avoue Mia. Papa ne pourra jamais comprendre. Tu avais raison de croire à la légende, Mick. Tout est vrai ! Charlie a quelque chose de spécial. Et peut-être que, lorsqu'il sera libre, tu le seras aussi… C'est ce que dit la légende, non ? Qu'il est venu pour tous nous sauver.

Mia continue de caresser Charlie. Elle enfouit sa tête dans sa crinière et lui gratte le ventre pour son plus grand plaisir. Mick sourit et, pour la première fois depuis longtemps, il se sent extrêmement bien.

Jodie se dirige vers l'évier de la cuisine avec une petite moue boudeuse. Une montagne de vaisselle l'attend ! C'est alors que Trevor, le suricate de Mick, s'empare de la douchette du robinet et asperge la gouvernante.

Mia et son frère rient aux éclats.

Jodie les arrose à son tour et une bataille d'eau s'engage, à laquelle Alice vient rapidement prendre part.

Lorsque John entre dans la cuisine, il trouve toute la famille trempée et hurlant de rire. Apercevant le portable de Mick sur la table, il l'attrape pour prendre une photo, mais il se trompe de bouton et enclenche, par erreur, une vidéo.

Le film qu'il voit est le dernier que Mick a réalisé, celui de Charlie et de Mia.

– Charlie est mon ami, je ne pouvais pas m'en séparer. Je viens le voir chaque jour depuis un an. Papa ne pourra jamais comprendre, dit Mia dans le téléphone.

Un silence de cathédrale tombe sur la pièce. Mick, effondré, se love dans les bras de Jodie. Stupéfaite, Alice se précipite sur le téléphone pour regarder les images. John est fou de rage et Mia n'ose affronter son regard.

– Va dans ta chambre ! Je t'avais prévenue, Mia. Je vais le vendre au premier acheteur venu.

Il se dirige vers la fenêtre, puis crie à Kevin :

– Déplace tout de suite Charlie et prépare les papiers de transfert. Je les veux demain à la première heure.

9

La chasse en boîte

Mia se dirige vers l'enclos dans lequel Charlie se trouve à présent. Elle ne peut pas y entrer car il est hautement sécurisé. Quatre box de transfert sont installés les uns à côté des autres. Dans chacun d'eux se trouve un magnifique lion. Mia colle sa tête contre la gueule de Charlie à travers les grilles.

– Je me suis plantée, Charlie… J'ai tout fait rater.

Le lion blanc ronronne alors qu'elle le caresse.

– Mais tu ne dois pas avoir peur, parce que je vais trouver où papa va t'envoyer. J'ai un plan, écoute : une lionne a été vendue, elle doit partir demain ; si j'arrive à savoir où on l'emmène, alors je saurai où l'on t'emmène, toi aussi.

Un peu rassurée, Mia s'assoit et contemple son lion avec amour, avant de s'endormir, son corps chaud tout contre le sien.

Le lendemain matin, réveillée en sursaut par le bruit d'une voiture, Mia a juste le temps de se cacher. La Jeep de John s'arrête près des enclos de transfert. Avec un de ses employés, il endort la lionne qui doit être transférée, puis la charge dans une cage, à l'arrière de la Jeep.

Pendant ce temps, Mia se glisse discrètement sur le toit du véhicule et se dissimule sous une bâche. Elle lance un clin d'œil à Charlie tandis que la voiture démarre.

La route est longue et chaotique, mais Mia se tient fermement aux barres de sécurité. Et, après un voyage qui lui a semblé durer une éternité, la Jeep arrive enfin sur un grand terrain clos, au beau milieu de nulle part. Jetant un coup d'œil depuis la bâche, Mia distingue des 4 x 4 et des hommes en tenue militaire. Son père s'adresse à eux, mais elle ne parvient pas à entendre leur conversation. Puis la jeune fille reconnaît Dirk, l'homme qu'elle a déjà vu à la ferme.

Que fait-il là ? se demande-t-elle, méfiante. *Papa avait pourtant promis de ne plus travailler avec lui…*

– Tu viens participer à la fête, mon pote ? demande Dirk à son père. Sympa de te retrouver !

– C'est un malentendu, s'énerve John. Tout ce que je fais, c'est livrer des lions à des fermes… Ce qu'elles en font après ne me regarde pas.

– Mais on dirait que ce n'est plus tout à fait vrai, hein ? ironise Dirk en lui remettant une liasse de billets.

John retourne à sa voiture.

Que se passe-t-il ? s'interroge Mia.

Bientôt, c'est Charlie qui sera là, alors elle doit savoir.

Puis la cage en dessous d'elle s'ouvre. La lionne saute au sol mollement, encore affaiblie par le somnifère. À peine a-t-elle fait quelques pas qu'une flèche vient la transpercer. L'animal chancelle et tombe.

– Super ! Je l'ai eue ! s'exclame une cliente, folle de joie, un arc à la main.

Mia, horrifiée, n'a même pas la force de crier. Elle a juste envie de vomir.

De retour dans sa chambre, Mia n'arrive toujours pas à comprendre ce qu'elle a vu. Pourtant, il le faut, parce que Charlie va bientôt subir le même sort et qu'elle doit tout faire pour le protéger. Elle allume son ordinateur et fait quelques recherches. Elle découvre qu'elle vient d'assister à une chasse en boîte : les animaux, parqués dans des enclos et sans défense, sont à la merci des fusils de touristes sans scrupules. Les photos qui défilent sous les yeux de Mia sont effroyables : lions agonisants, chasseurs à la mine réjouie, trophées remis sur un plateau d'argent…

Soudain, Alice frappe à la porte de sa chambre.

– Tu es devenue sourde, Mia ? Je t'appelle depuis vingt minutes ! On passe à table.

L'adolescente est tellement bouleversée par ce qu'elle a découvert, qu'elle suit sa mère sans un mot, pour rejoindre John et Mick dans la salle à manger. La jeune fille, dégoûtée, voit ses parents sourire, se toucher les mains. Au milieu du repas, elle n'a toujours rien mangé. Elle se lève mécaniquement, puis remonte dans sa chambre.

– Mia ? s'inquiète sa mère. Qu'est-ce qui t'arrive ?

Mick intervient.

– Je m'en occupe.

Le garçon retrouve Mia, debout près de la fenêtre de sa chambre, les yeux perdus dans le vague.

– Qu'est-ce qui ne va pas, Mia ? lui demande-t-il.

La jeune fille hésite à répondre. Elle sait qu'elle va le blesser, elle sait à quel point son frère est fragile et qu'il ne supportera pas le choc de ses révélations.

Mais Mick insiste. Il veut savoir.

Mia aimerait choisir ses mots, mais elle n'en a pas le temps, Charlie n'en a pas le temps.

– Les lions… Papa ne les vend pas à des zoos, il les vend à des chasseurs.

Mick est pétrifié.

– Papa ne ferait jamais ça ! s'énerve le garçon.

– Tous les lions adultes qui partent d'ici sont tués, exécutés de sang-froid, dans un enclos, explique Mia. C'est ça, le business de notre ferme. Nous ne sauvons rien, nous ne protégeons pas la nature, nous la détruisons.

Mick, abasourdi, commence à se balancer d'avant en arrière.

– Il ment aux touristes, la conservation n'est qu'une couverture, poursuit Mia. Tous les fermiers font ça, et tout le monde le sait, mais personne ne dit rien. Les employés doivent se taire s'ils ne veulent pas être renvoyés.

– Tais-toi ! Tais-toi ! la supplie Mick, tout tremblant.

– Non, Mick, il faut que tu saches, parce que tu es le seul à qui je peux en parler, et que j'ai besoin de ton aide pour sauver Charlie.

Son frère la fixe du regard.

– Le sauver ? demande-t-il, incrédule.

– Il est le suivant sur la liste…

– Oh non ! s'écrie le garçon. Mais qu'est-ce qu'on peut faire ?

Mick ne tremble plus, il veut aider Mia. La situation est trop grave, et sa sœur doit savoir qu'elle peut compter sur lui.

– Je vais m'enfuir avec lui et le conduire au Timbavati, et toi, tu vas me couvrir.

Ils échangent un regard complice.

Il est tard. La ferme est plongée dans l'obscurité. Mia et Mick, assis par terre dans la chambre du garçon, étudient, à la lumière d'une lampe de poche, les cartes et les itinéraires qu'il a imprimés.

– Il faut compter cinq à six jours de marche, annonce-t-il.

– Et en voiture ? Combien de temps en voiture ? interroge Mia.

– Mais tu n'as pas de voiture, et puis tu n'as que treize ans !

– Papa m'a appris à conduire, je pourrai m'en sortir. Alors dis-moi : si jamais j'arrive à trouver une voiture, combien de temps ?

– Deux jours : un sur la route et un dans le bush.

Mia acquiesce et glisse les papiers dans son sac à dos.

– Tu penses que j'y arriverai ? demande-t-elle.

– Je pense que c'est de la folie, mais que si quelqu'un peut le faire, c'est bien toi.

Mia décoche à son frère un large sourire et le serre fort dans ses bras. Puis elle ajuste sa lampe frontale, attrape son sac et file dans le couloir. Avec la plus grande discrétion, elle entre dans le bureau de son père et fouille ses tiroirs.

Soudain, Jodie apparaît derrière elle, en chemise de nuit.

– C'est ça que tu cherches, ma jolie ? dit-elle en agitant le trousseau de clefs des enclos.

Mia tombe dans ses bras.

– Merci, Jodie !

– N'abandonne jamais tes rêves, Mia. Sauve Charlie ! Bonne chance !

Mia part en courant en direction des enclos. Elle déverrouille les portes, l'une après l'autre. Elle a un plan : libérer tous les animaux dans la cour pour qu'ils entourent la maison. Cela lui permettra de gagner un peu de temps. Puis elle atteint le box de Charlie.

– Allez, viens ! On s'en va, lui dit-elle.

Elle ouvre grand sa porte, et le lion sort d'un bond.

Courant aussi vite que possible à travers les hautes herbes, Mia et Charlie arrivent aux limites de la réserve et pénètrent dans le no man's land broussailleux qui sépare la ferme des abords de la ville. Reprenant son souffle, Mia se retourne pour voir les lumières lointaines de sa maison, avant de faire face à la vaste nuit qui les attend. Elle se sent soudain très petite et très seule.

Charlie gronde et la pousse de la tête.

– Tu as bien raison, déclare-t-elle.

Elle regarde les lueurs de la ville, au loin.

– On y va !

10 — La fuite

Le lendemain matin, alors qu'Alice sort de la maison, un panier de linge propre dans les bras, elle s'arrête net. Un lion, assis sur la table de la terrasse, la contemple paresseusement. Elle recule à pas prudents et s'enferme dans la maison en criant :

– John !

John et Mick arrivent en courant.

– Qu'est-ce que c'est que ce cirque ?! peste le premier en parcourant la cour du regard.

C'est le chaos : des lions errent librement dans toute la ferme, le long des bâtiments, sous les fenêtres.

Mick rit sous cape.

Bien joué, Mia ! se dit-il. *Tu ne manques pas d'imagination…*

John regarde attentivement les images des caméras de surveillance et, avec stupeur, il voit Mia ouvrir un à un tous les enclos, refermer le grand portail de la ferme et partir avec le lion blanc.

– C'est pas vrai !

Furieux, il arpente la pièce devant une Alice désespérée, tandis que Mick les observe, en retrait.

– J'ai peur, dit Alice.

John lui prend la main pour la réconforter tout en étudiant une carte de la région. Tout à coup, il désigne un endroit du doigt.

– Le point d'eau de Mafoue ! C'est là que j'irais, si j'étais elle.

Mick se cache dans le couloir et se dépêche d'envoyer un texto à sa sœur : qu'elle se tienne prête, leur père arrive…

Quand Mia reçoit le texto, elle décide de se rendre immédiatement au point d'eau. Elle va tenter de lui voler sa voiture ! C'est risqué, mais elle doit essayer. Elle n'a pas le choix.

– Tu en penses quoi, Charlie ? On va y arriver ou pas ? demande-t-elle à son lion.

L'animal continue de marcher tout en bâillant.

– Mouais, ce n'est pas une réponse, ça ! plaisante Mia.

Lorsqu'ils arrivent au point d'eau, Mia cache Charlie derrière un rocher, un morceau de poulet entre les crocs. Puis elle monte dans un arbre.

Pourvu que ça marche… pense-t-elle.

Quelques minutes plus tard, la voiture de John s'arrête devant le point d'eau. Il sort du véhicule, son fusil anesthésiant dans les mains.

– Mia ! appelle-t-il.

Pas de réponse.

John pose son arme sur le capot de sa voiture et s'assoit derrière le volant pour prendre son portable.

C'est le moment qu'attendait Mia pour intervenir. Elle saute de son arbre, attrape le fusil et le pointe sur son père.

– Ne t'approche plus jamais de Charlie, papa ! Jamais !

John se fige, puis descend doucement du véhicule. Il n'a jamais vu sa fille dans une telle colère. Ses mains ne tremblent pas.

– Qu'est-ce que tu racontes, Mia ? Pose ce fusil !

Il fait un pas en avant, mais la jeune fille se fait plus menaçante.

– Éloigne-toi de la Jeep ! crie-t-elle.

John recule lentement. L'adolescente appelle Charlie et, son fusil toujours pointé sur son père, ouvre la portière arrière. Elle y jette un morceau de poulet, et le lion saute aussitôt dans le véhicule.

– Tu es folle, Mia ! Qu'est-ce qui te prend ?

– J'étais là, papa. Hier, dans ce champ…

Le visage de John pâlit. La voix de Mia est transformée par la rage.

– Comment peux-tu faire ça ?!

John est cloué sur place.

– Tu laisses abattre des lions pour de l'argent et tu mens à tout le monde. Tout chez toi, tout à la ferme n'est que mensonges ! hurle-t-elle.

La vérité, dite à voix haute, ébranle profondément John.

– Mia, s'il te plaît… tu ne comprends pas…

– Je comprends très bien, au contraire. Je te faisais confiance… dit-elle, les yeux pleins de colère.

– C'est plus compliqué que ça, se défend son père.

– Mais on tue nos lions !

– C'est ainsi que ça a toujours fonctionné, Mia. On ne peut pas changer le monde.

La jeune fille lui lance alors sa réponse comme une gifle :

– Si, papa, on peut changer le monde !

Désorienté, John cherche à couper court à la discussion.

– Ça suffit ! Donne-moi ce fusil tout de suite !

Il fait un pas vers sa fille, mais Mia tire une flèche anesthésiante dans sa jambe et, retenant ses larmes, elle le regarde tomber à terre.

– Pardon, papa… s'excuse-t-elle avant de monter dans la voiture et de s'en aller.

Mia suit une piste dans la savane. Le GPS de son iPad, calé sur le siège passager, donne l'itinéraire qu'elle a programmé. De temps à autre, Charlie passe une tête entre les sièges avant.

– Ça va aller, on va y arriver, assure Mia, qui réussit tant bien que mal à conduire le véhicule.

Après plusieurs kilomètres, un voyant s'allume sur le tableau de bord. Il n'y a plus d'essence !

Mia rejoint la route principale et s'arrête à une station-service, à petite distance de la pompe. Nerveuse, elle observe le ballet des voitures qui viennent se ravitailler. À l'arrière, Charlie s'agite de plus en plus. Il fait se balancer la Jeep de gauche à droite.

– On doit se calmer tous les deux, respirer profondément… Allez, murmuret-elle à l'oreille du lion blanc pour le rassurer.

Et, à mesure que Mia se détend, Charlie se détend aussi.

Après quelques minutes d'attente, l'adolescente se retrouve seule près de la pompe. Elle avance maladroitement son véhicule.

– Le plein, s'il vous plaît, demande-t-elle à l'employé de la station avec le plus d'assurance possible.

Mais elle sursaute lorsqu'elle aperçoit la queue de Charlie, qui dépasse à l'extérieur de la Jeep.

Elle replace sa queue sous la bâche du 4 x 4 puis entre rapidement dans la boutique et, restant à bonne distance de la caissière, attrape un chapeau et une paire de lunettes. Alors qu'elle se dirige vers la caisse, un flash info passe sur le poste de télévision du magasin.

– La police recherche activement Mia Owen, une adolescente de treize ans, annonce une journaliste. Elle conduit une Jeep et est accompagnée d'un lion blanc adulte. Si vous les voyez, merci de contacter le…

Mia tressaille en voyant sa photo apparaître à l'écran. Elle paie rapidement, fourre ses affaires dans un sac et sort à toute vitesse du magasin.

Son cœur bat à cent à l'heure.

– Partons d'ici, dit-elle à Charlie en remontant dans la voiture.

Puis elle démarre sur les chapeaux de roues.

Après quelques kilomètres, son téléphone sonne. C'est Mick !

– Comment va papa ? demande aussitôt Mia à son frère.

– Bien, ils sont en train de le ramener à la maison. Tu es où, là ? chuchote Mick.

Alice, assise dans la pièce à côté, regarde les informations à la télévision.

– Je ne sais pas trop…, sur la M31, je crois, explique Mia.

– Où exactement ? Quelle sortie ?

Mia aperçoit un panneau de signalisation.

– La 19e. Pourquoi ? le presse la jeune fille.

– Sors tout de suite ! Un barrage est en cours d'installation ! prévient Mick.

Paniquée, Mia tourne le volant, appuie sur l'accélérateur et, roulant à moitié sur le bas-côté, fait demi-tour. Elle s'engage sur une piste qui monte vers les collines. La ville, au loin, se fait de plus en plus petite.

Plus les minutes passent, plus Mia se sent fatiguée, affamée. Elle termine les quelques miettes de biscuits qui lui restent. Sa tête se met à dodeliner, ses paupières à cligner. Avec toute sa détermination, elle s'efforce de rester éveillée, mais la fatigue a raison d'elle : la jeune fille s'endort brusquement, la tête sur le volant.

PAM !

La Jeep heurte un muret, brisant l'un de ses phares.

Mia se réveille en sursaut, affolée. À côté d'elle, son iPad clignote. La batterie est vide.

Comment va-t-elle bien pouvoir faire ? Et d'abord, où se trouve-t-elle ? Elle l'ignore totalement.

Elle jette un coup d'œil sur Charlie, à l'arrière. Le lion la fixe, impassible, de ses grands yeux confiants.

– Arrête ! Mais arrête de me regarder comme ça ! s'énerve-t-elle, au bord des larmes. Qu'est-ce que tu es bête ! Je ne suis qu'une enfant… et tu crois que je peux te sauver ?! C'est impossible ! On n'y arrivera JAMAIS ! Finissons-en maintenant ! Tue-moi ! Vas-y, bouffe-moi, espèce de lion stupide !

Comme pour la rassurer, Charlie pose son énorme patte sur son épaule. Mia, exténuée, vient se blottir tout près de son ami, contre sa fourrure, sur la banquette arrière. Elle ouvre le toit de la Jeep et contemple le ciel.

– Si on aperçoit une étoile filante, ça voudra dire qu'on va y arriver, d'accord ?

Le temps passe, mais Mia ne distingue rien dans le ciel. Puis, doucement, ses paupières se ferment. Charlie lève alors les yeux sur la voute céleste, juste à temps pour voir… une étoile filante.

11

Le tout pour le tout

À la ferme, l'ambiance est tendue. Alice est désemparée. Elle sait que John lui cache quelque chose, sinon pourquoi sa fille lui aurait-elle tiré dessus ?

– C'est une enfant, Alice. Elle voit tout en noir et blanc. Tout ce qui l'intéresse, ce sont les animaux…

– Mais personne ne compte faire de mal aux animaux, et encore moins à Charlie, hein ?

Leur discussion est interrompue par Dirk, qui surgit dans la cour au volant de sa grosse Mercedes.

John se précipite vers lui, laissant Alice seule dans le salon.

– Le lion n'est plus à vendre ! Va-t'en d'ici !

Mais Dirk ne veut rien entendre. Il a appris que Mia s'était enfuie avec Charlie, et il veut récupérer le précieux animal.

– On dirait qu'il va falloir que je m'en occupe moi-même, ironise Dirk, furieux, en remontant dans sa voiture.

– Ne touche pas à ma fille ! hurle John, à bout de nerfs.

Le matin, à l'aube, Mia a repris des forces. Elle vient de mettre la main sur une carte routière, trouvée dans la boîte à gants de la Jeep. En l'étudiant un peu, elle s'aperçoit que la savane n'est plus très loin, et les deux amis se remettent aussitôt en route.

– On y est presque, on arrivera dans le bush au prochain tournant, annonce-t-elle à son lion quelques minutes plus tard.

Le véhicule grimpe une petite montée, mais, une fois en haut, la jeune fille se fige. Au lieu de la brousse à laquelle elle s'attendait, elle découvre que le chemin mène au parking d'un énorme centre commercial. En examinant mieux la carte, elle constate… qu'elle a plus de vingt ans !

C'est la catastrophe ! Pour gagner la brousse, il n'y a qu'une seule solution : traverser le centre commercial, ce qui paraît impossible avec un lion. Pourtant, Mia n'a pas le choix ! D'autant moins que des policiers sont en train d'installer un barrage routier.

Désemparée, Mia finit par prendre une décision. Elle fait descendre Charlie du véhicule et, aussi fou que cela puisse paraître, les deux amis pénètrent dans le centre commercial. Mia s'efforce de

paraître décontractée, tout en agitant une cuisse de poulet sous le nez de Charlie, pour accaparer son attention.

Au début, personne ne les remarque, ou, du moins, personne ne réagit à l'étrange vision d'une jeune fille se promenant avec un lion. Les gens continuent de faire leur shopping, de regarder les vitrines et d'arpenter les allées, comme si de rien n'était. Puis bientôt, progressivement, un vent de panique s'empare des visiteurs.

Mia et Charlie accélèrent le pas.

Quelques badauds se barricadent dans les boutiques, d'autres se mettent à courir à mesure que la peur se propage.

Et soudain, l'alarme du centre commercial se déclenche.

Il n'y a plus une minute à perdre ! À présent, tous les agents de sécurité du centre vont se mettre à leurs trousses. Les deux fuyards filent aussi vite que possible jusqu'au bout d'une allée. Mia pousse violemment une porte qui donne sur l'extérieur, et ils découvrent enfin… le bush !

L'adolescente virevolte, puis jette ses bras autour de l'animal.

– On l'a fait, Charlie ! On est libres ! s'écrie-t-elle, folle de joie.

L'espace d'un instant, l'enfant et le lion semblent seuls au monde.

Les deux amis courent, sous un soleil écrasant, vers la savane qui, devant eux, se déroule à perte de vue. Mia regarde Charlie, qui se déplace majestueusement

à ses côtés, libre, pour la première fois. C'est un spectacle si merveilleux qu'elle en pleure d'émotion.

Bientôt, la nuit tombe. Charlie a été plus rapide que Mia, découvrant avec envie un territoire sans limites pour l'instant inconnu. Désormais seule, la jeune fille se réfugie dans un arbre pour se mettre à l'abri. Même dans l'obscurité, elle peut sentir la savane grouiller de vie nocturne… Elle devine la présence d'animaux affamés, à la recherche d'une proie, qu'elle pourrait elle-même devenir, si elle descendait de son arbre…

– Où es-tu, Charlie ? murmure Mia, angoissée.

Alors, dans un grognement, le lion blanc réapparaît, avec un phacochère dans la gueule.

– Je vais te dire quelque chose : pour un débutant, tu n'es pas trop mauvais ! plaisante l'adolescente, rassurée d'avoir retrouvé son ami.

La lumière d'un petit feu de camp éclaire le 4 x 4 stationné près de John, Alice, Mick et Kevin. Avertis par la police de la présence de Mia dans le centre commercial, ils sont immédiatement partis sur ses traces. Les autorités ont délivré une autorisation de tuer. Autrement dit, quiconque croisera le chemin de Charlie pourra tirer sur le lion.

John entoure Alice de ses bras.

– On va la retrouver, je te le promets.

Alice regarde son mari, et l'incertitude qu'elle perçoit dans ses yeux lui fait plus peur encore.

– Tu ne me dis pas tout, je le sens.

Elle contemple la voûte céleste. La pensée de sa fille, toute seule dans la savane, la terrifie…

12 Liberté

Le soleil s'est levé. Il est encore bas sur l'horizon, mais la chaleur est déjà forte. Charlie mène l'expédition, et Mia tente de le suivre. Soudain, le lion s'arrête dans son élan, tout est devenu silencieux.

– Qu'y a-t-il ? demande Mia, nerveuse.

La Mercedes de Dirk surgit des buissons à une centaine de mètres d'eux, chargeant dans leur direction. Averti de la présence de Mia et du lion dans les environs, l'homme a cherché leurs traces toute la nuit durant.

Terrorisés, les deux amis zigzaguent à travers les broussailles pour tenter de lui échapper. Mais Mia, épuisée, faiblit. Charlie doit ralentir pour l'attendre. Et, malgré les obstacles de la nature, Dirk gagne inexorablement du terrain.

Bientôt, à bout de force, la jeune fille trébuche sur une grosse racine et tombe à terre. Charlie s'arrête, il refuse de la

laisser derrière lui. Mais Mia sait que s'il reste là, il est mort.

– Va-t'en, Charlie ! Ils vont te tuer ! hurle-t-elle.

Le lion ne bouge pas.

– Allez ! Va-t'en, crie-t-elle, laisse-moi !

Mia saisit une pierre et la jette sur Charlie.

Au même moment, la Mercedes freine brusquement. Mia se retourne.

– Où est-il ? Où est le lion ? s'énerve Dirk en sortant de la voiture.

Mia regarde autour d'elle et constate, avec soulagement, que Charlie a disparu.

– Réponds-moi ! hurle l'homme, avec rage, en relevant brutalement la jeune fille.

Sa cheville tordue lui fait terriblement mal, mais, dégoûtée, Mia crache au visage de Dirk, qui la gifle si fort qu'elle retombe à terre.

C'est alors que Charlie bondit hors d'un fourré et se jette sur Dirk. Apeuré, l'homme saisit son fusil et tire. Par chance, la balle n'atteint pas le lion blanc, qui prend la fuite avec Mia. Mais le coup de feu retentit dans toute la savane et parvient aux oreilles de John, toujours sur les traces de sa fille.

– Mia n'est pas loin ! s'écrie-t-il en conduisant son 4 x 4 à toute allure dans la direction du bruit.

Pourvu qu'il ne soit pas trop tard, supplie secrètement Alice, désemparée.

À peine Mia et Charlie ont-ils disparu que la Jeep de John surgit dans la clairière. L'homme bondit hors du véhicule et se rue vers Dirk, toujours allongé sur le sol.

– C'est le lion blanc, il m'a attaqué !

John le secoue, sans se soucier de ses blessures.

– Je me fous du lion ! Où est ma fille ? Si tu as touché à elle, je te jure que je te tue ! Dégage ou je le fais maintenant !

Tandis que Dirk s'éloigne, John, désespéré, crie au milieu des broussailles.

– Mia ! Mia !

La jeune fille, qui court avec Charlie, entend l'appel douloureux de son père. Elle hésite un instant, mais continue son chemin.

Quand John remonte dans la voiture, Alice l'interroge :

– Que faisait Dirk ici ?

John ne veut pas répondre, mais cette fois-ci, Kevin l'y force :

– Tu dois le lui dire, John.

Ce dernier lève les yeux vers sa femme, dans le rétroviseur, ne trouvant pas ses mots.

– Mia… a vu une chasse en boîte, finit-il par avouer.

Alice en reste pétrifiée. Après un long silence, elle reprend la parole.

– Tu m'avais juré…

– J'ai fait tout ce que j'ai pu… pour que la ferme marche comme on voulait… comme je te l'avais promis…

– Mais comment as-tu pu faire ça ? Comment ?! Tu sais pourtant ce que ça nous a coûté. Et maintenant, on va le payer au prix du sang de Mia !

Alice hurle de rage, le gifle et le roue de coups pendant qu'il conduit.

Mick intervient :

– Maman, papa, arrêtez ! Charlie va la protéger, jusqu'à ce qu'ils arrivent à la rivière Timbavati.

John pile net. Tous les trois le regardent.

– Tu sais où elle l'emmène ? interroge son père.

– Oui, elle le ramène dans la réserve, chez les Shangaans.

Deux pick-up de la police se garent près de la voiture de John.

– Elle va à la rivière Timbavati. Elle doit donc être là, quelque part entre Kudu et le mont Sheba, explique-t-il aux policiers, pointant la carte des environs dépliée sur le capot de sa Jeep.

Pendant ce temps, Alice prend son fils par la main. Il est temps qu'elle lui raconte enfin son histoire…

– J'étais jeune, amoureuse et enceinte de Mia. Et tu étais un petit bébé très gai… On préparait les repas pour les clients qui partaient en safari. Ton père avait oublié le panier sur la table de la cuisine. J'ai pris la voiture avec toi pour le lui apporter. On est arrivés juste après le début de la chasse…

Alice, bouleversée, s'interrompt. Mick ne peut la quitter des yeux.

– Ils l'ont tué… un superbe lion. Tu as tout vu, Mick. C'était ça, le plus terrible… Pendant tout le retour, assis sur ton siège, tu tremblais de partout.

Les yeux d'Alice s'emplissent de larmes.

– Et je crois que, depuis, tu portes ce terrible fardeau…

Elle serre son fils dans ses bras, puis poursuit :

– J'ai alors perdu toute confiance en ton père. Ce n'est qu'après la naissance de Mia que je l'ai revu. J'étais partie pour Londres avec toi, et il est venu nous retrouver. Nous avons décidé d'essayer à nouveau. Dix années sont passées… dix années merveilleuses. Et puis ton grand-père est mort et nous a laissé la ferme. C'était la dernière chose que je voulais, mais ton père m'a juré qu'il ne vendrait jamais plus de lions à des chasseurs.

Alice essaie de ravaler ses larmes. Son fils lui prend la main.

– Il m'a menti, Mick… Il nous a menti à tous. Je suis désolée, j'aurais voulu vous protéger davantage.

Mick la coupe. Il semble libéré.

– Ce n'est pas grave, maman. Quand Mia aura ramené Charlie au Timbavati, la légende s'accomplira et je n'aurai plus peur.

Mia a du mal à suivre le rythme imposé par Charlie. Elle boite et a très mal à la cheville. Pour progresser dans la brousse, elle s'accroche à la crinière du lion. Les deux inséparables vont encore et toujours de l'avant, sous le soleil plus haut dans le ciel, qui frappe le sol impitoyablement.

Les lèvres de Mia sont gercées et boursouflées, son visage horriblement brûlé. Elle ne parvient plus à avancer. Mais Charlie s'approche d'elle et la regarde : il semble lui demander un dernier effort. Épuisée, la jeune fille monte sur le dos du lion.

Quelques minutes plus tard, ils arrivent au sommet d'une petite colline et découvrent, à une centaine de mètres, le territoire des Shangaans. Pendant un court instant, l'émotion de Mia est trop forte, et les larmes lui montent aux yeux.

– On a réussi, Charlie ! s'écrie-t-elle.

Elle tombe à genoux et entoure le cou de l'animal de ses bras. Le lion pousse sa tête contre la sienne. Il regarde la réserve au loin, puis se tourne vers Mia. Ses grands yeux bleus fixent ceux de la jeune fille. Ils expriment tant de sagesse, de douleur et de compréhension.

– Je ne veux pas qu'on se quitte, murmure Mia, les joues baignées de larmes. Mais il faut que tu passes cette rivière, et tu seras libre. Ta vie est là-bas.

Soudain, le bruit d'un moteur d'hélicoptère fait tressaillir Mia. Elle distingue, dans la cabine, un tireur d'élite qui vise Charlie.

– Va-t'en, Charlie ! crie-t-elle.

Des véhicules de police s'arrêtent en bas de la colline et d'autres tireurs d'élite en sortent, avec John sur leurs talons.

– Attendez ! Stop ! Ne tirez pas ! hurle-t-il.

Son cri se perd dans le vrombissement de l'hélicoptère, mais le capitaine aperçoit John, qui agite désespérément les bras.

– Ne tirez pas ! ordonne-t-il.

Dans l'hélicoptère, le tireur attend l'ordre.

– Tu avais raison, Mia ! On peut changer le monde, lance John à sa fille.

Au même moment, celle-ci s'écroule à terre, trop faible.

– Suis-je autorisé à faire feu ? demande le tireur d'élite.

Ne voulant prendre aucun risque, le capitaine donne son approbation. Tandis que les tireurs ajustent leur visée, Mia hurle :

– Papa ! Sauve-le ! Sauve Charlie !

John hésite quelques secondes, puis s'élance, au péril de sa vie. Il s'interpose, bras écartés, entre les tireurs et le lion, et l'accompagne jusqu'à l'entrée de la

réserve. Comme dans la légende, un shaman vient accueillir le noble et puissant animal.

Libérés, John, Alice, Mick et Mia courent dans les bras les uns des autres.

La légende s'accomplit…

FIN

250 000 lions sauvages régnaient sur l'Afrique il y a cent ans. Leur population a chuté de 90 % et l'année dernière, selon des experts, il en restait moins de 20 000. Les lions ne sont pas considérés comme une « espèce en voie de disparition » mais si leur nombre continue à baisser au même rythme, ils auront complètement disparu à l'état sauvage dans vingt ans. En Afrique du Sud, au cours des dix dernières années, plus de 10 000 lions ont été tués dans des chasses au lion, une industrie légale. Ils viennent de fermes d'élevage. La plupart de ces fermes ne sont pas des sanctuaires, mais des endroits où les lionceaux sont élevés pour l'abattage, où les volontaires sont dupés et où l'on ment aux touristes.

TABLE

PAPIER À BASE DE
FIBRES CERTIFIÉES

hachette s'engage pour l'environnement en réduisant l'empreinte carbone de ses livres. Celle de cet exemplaire est de :
550g éq. CO_2
Rendez-vous sur
www.hachette-durable.fr

Photogravure Nord Compo - Villeneuve-d'Ascq

Imprimé en Espagne par CAYFOSA
Dépôt légal : novembre 2018
Achevé d'imprimer : octobre 2018
35.5851.6/01 – ISBN 978-2-01-707171-6
Loi n° 49956 du 16 juillet 1949
sur les publications destinées à la jeunesse